AF299814

# LES VILLAGEOIS;

## LEURS MISÈRES ACTUELLES ;

## DES DIVERS REMÈDES PROPOSÉS ;

## LEUR FUTUR BONHEUR

## DANS LA COMMUNAUTÉ.

### Par L.-Y. MAILLARD.

Que la divine Fraternité soit toujours
en tout et partout notre guide.

Publié par LE POPULAIRE.

PRIX : **30** CENTIMES.

## PARIS,

AU BUREAU DU POPULAIRE, RUE J.-J.-ROUSSEAU, 18.

### DÉPARTEMENS,

Chez les Correspondans du *Populaire*.

1848.

# NOTE DE L'ÉDITEUR.

Le manuscrit de cette brochure avait été envoyé, ainsi que beaucoup d'autres, pour le *concours* ouvert par le *Populaire* du 10 octobre, sur ce sujet; mais tous les autres ayant été enlevés, avec tous les papiers qui se trouvaient dans le bureau du *Populaire*, lors de la saisie opérée le 5 janvier 1848, le concours est forcément suspendu. Cependant, impatient de voir le *Populaire* publier un écrit sur les *Villageois*, le Conseil de rédaction a manifesté le désir qu'on publiât la présente brochure échappée par hasard à la saisie, et dont la publication lui a paru très utile.

# LES VILLAGEOIS;

## LEURS MISÈRES ACTUELLES ;

## DES DIVERS REMÈDES PROPOSÉS :

# LEUR FUTUR BONHEUR

## DANS LA COMMUNAUTÉ.

Que la divine Fraternité soit toujours
en tout et partout notre guide.

———

THOMAS. —— Oui, je dois être content, car j'ai fait certainement une bonne affaire... Et puis, cela m'allait si bien !
Une belle pièce à blé qui me touche presque partout ! et
il n'y a plus maintenant que la petite langue de terre du
voisin Mitout, que j'aurai tôt ou tard, qui d'un bout la
sépare de mon pré. Allons, décidément j'aurais été le plus
grand sot du village, si j'avais manqué cette acquisition.

Il est vrai qu'elle me coûte un peu cher, car le père Mitout en avait grande envie; je crois bien : elle lui devait convenir au moins autant qu'à moi; heureusement il était malade, et j'ai si bien manœuvré à la vente que son fils a été intimidé, et pour cinquante francs de surenchère, il a perdu une occasion qui ne se retrouvera plus.

Maintenant, il faut que je me tienne bien en garde, car se voyant cerné par moi, il doit être bien contrarié : c'est un fin renard, mais j'ai ce que je voulais, c'est l'essentiel, et nous verrons. D'ailleurs, j'ai dans l'idée qu'il y a un bon moyen de concilier tout cela... Ah ! le voilà, Marie, qu'as-tu donc ? comme tu-as l'air triste ?

MARIE. — Je n'ai que trop sujet de l'être : si vous saviez, mon père ! j'ai vraiment du malheur ; c'est comme un sort !..

THOMAS. — Calme-toi, voyons : de quoi veux-tu parler ?

MARIE. — Vous savez, ma jolie petite poule blanche, qui élevait sa première couvée ; elle qui avait si grand soin de ses petits, qui leur partageait si gentiment les morceaux de pain que je lui jetais... — Après. — Eh bien, c'est fini ! Le renard l'a dévorée elle et ses petits !... Et il a en outre étranglé une vingtaine de nos plus belles poules !

THOMAS. — Voilà encore une perte, c'est de ta faute aussi ; pourquoi les laisses-tu courir ? — Mais vous savez bien qu'on ne peut pas toujours les retenir en face la maison, ou dans la cour, dont le fumier sent si mauvais ; et que les vers des champs les engraissent et les rendent meilleures pour la vente. — Ta, ta, ta... c'est comme il y a quinze jours, par ta négligence, la fouine a fait un vrai carnage dans le colombier. — Mais je ne peux pas l'empêcher de faire des trous pour y entrer. — Et tes vilains chats, qui détruisent une grande partie de mes lapins de garenne : diras-tu encore que ce n'est pas eux ? — Je dirai que c'est au moins autant la belette, la fouine et le renard, et que si nous n'avions plus de chats, les rats et les souris feraient bien d'autres ravages.

THOMAS. — C'est assez. Quand donc s'entendra-t-on pour détruire toutes ces maudites bêtes qui nous ruinent sans cesse de toutes les manières, et dont le nombre est incroyable ? As-tu autre chose à me dire ?

MARIE. — J'oubliais : voilà un papier que m'a remis un monsieur de la ville ; il était si pressé, qu'il ne s'est pas donné le temps de venir jusqu'au village....

THOMAS. — C'est un avis d'aller toucher quatre mille francs : ça me conviendrait à merveille, cette somme-là ! Mais c'est à Mitout que cela s'adresse. — C'est vrai, on m'a remis deux papiers, et voilà sans doute le vôtre.

THOMAS. — Quoi, déjà ! un avertissement d'aller payer des droits d'enregistrement, etc., et en voilà pour près de cinq cents francs, et ils disent, ces hommes d'affaires : « Il sera accordé toutes facilités pour le paiement ! » Mais ici, il s'agit de déboursés du notaire et il faut que de suite je me procure de l'argent. Va dire à Jean de ramener les chevaux et de se mettre à battre le meilleur blé ; j'y vais aller aussi, car il faut profiter du prochain marché.

MARIE. — Comment, mon père, vous laissez vos labours déjà arriérés? — Mam'zelle, on ne vous demande pas votre avis. — Puis vous parlez de vendre, et vous disiez toujours que plus on attend pour cela et mieux cela vaut, surtout cette année.—Eh bien ! voyons : crois-tu que j'irai emprunter à gros intérêts quand j'ai de bon grain à vendre ?

MARIE. — Mais alors, si vous êtes déjà embarrassé pour payer les frais de votre achat de terre, comment ferez-vous pour payer le capital? car vous n'avez pas assez à vendre en récoltes pour y penser. Nous sommes, vous le savez, toujours à court d'argent, et il faudra donc que vous finissiez par emprunter?

THOMAS.—J'ai du temps pour payer.—Alors ce sont des intérêts à compter. — Enfin je le veux bien, je serai gêné, c'est inévitable quand on achète; cependant, Marie, tu pourrais m'aider beaucoup dans cette circonstance : d'ailleurs cela te regarde autant que moi. — Comment, mon père? je ne comprends pas...

THOMAS. — Écoute : c'est un heureux hasard qui nous favorise : tu vois que le père Mitout va toucher quatre mille francs ; cette somme est précisément ce qui nous tirerait grandement d'affaire, sans rien emprunter. Or, Mitout a un fils, qui me paraît avoir du goût pour toi : en le mariant, on préférera lui donner de l'argent, qui serait de suite employé ; veux-tu l'épouser ?

Marie. — Ah! mon père, comment avez-vous pu former ce projet! Cette famille n'est aimée de personne ; le fils est un paresseux aussi laid que brutal ; puis il est ivrogne et débauché. Non, jamais je ne pourrais vivre avec un tel homme.

Thomas. — Bah! il se corrigera. Mais réfléchis bien : le père est à son aise ; ça te ferait un bon établissement.

Marie. — Oh non! dites plutôt, mon père, un bien mauvais ménage, et quoique votre fille, je ne peux pas me sacrifier à un homme que je n'aime pas, et devenir ainsi le triste prix d'un peu d'argent ou de terre. Hélas ! que n'ai-je encore ma pauvre mère, pour me guider et me conseiller !

Thomas. — Ta mère, ta mère, elle n'entendait rien aux affaires ; si je l'avais écoutée, nous serions éternellement restés à avoir bien juste de quoi manger la soupe aux choux et du fromage. Mais il ne s'agit pas de tout cela : tu sais que ton frère est tombé au sort ; on peut l'appeler d'un moment à l'autre ; ce serait un grand malheur pour nous, car Jean est un bon cultivateur, un garçon actif, robuste, intelligent. S'il part, il me faudra deux hommes pour le remplacer au travail. Tu vois quelle charge pour nous ! Si je lui achetais un homme sans la ressource dont je t'ai parlé, alors je serais de beaucoup au-dessous de mes affaires. Maintenant, veux-tu sacrifier ton père, ton frère que tu aimes tant? Vois, réfléchis.

MARIE. —Oh mon Dieu, mon Dieu, ayez pitié de moi !

THOMAS. — Allons, du courage ! sèche tes larmes. On s'habitue à tout avec le temps... Je vois venir ce gros fermier, qui nous touche maintenant ; qu'il ne s'aperçoive de rien. C'est un original, mais je ne veux pas être mal avec lui.

MARIE. — Original ! C'est cependant un honnête homme, et des plus estimés du pays.

————

AMBROISE. —Bonjour, monsieur Thomas ; votre serviteur, mademoiselle ; je vous dérange peut-être, vous avez l'air préoccupés ?

THOMAS. —Je causais avec ma fille de ce qui fait que nous sommes voisins. — Ah ! votre nouvelle acquisition ; vous vous arrondissez, monsieur Thomas. — Oui, mais tout n'est pas rose dans la propriété. —A qui le dites-vous ! Les inconvéniens, les déceptions, les charges, forment une telle somme de tourmens et d'inquiétudes sur la tête d'un homme, que j'y ai renoncé pour toujours. —Comment! vous avez été propriétaire, et vous avez vendu vos biens ?

AMBROISE. —Certainement ; mais écoutez : nous n'étions que deux frères ; après la mort de mon vénérable père, nous partageâmes ce qu'il nous laissa. Pauvre père, ce n'était pas son avis, et il avait bien raison ! Mes enfants, nous dit-il en mourant, écoutez un dernier avis : bientôt je ne serai plus à votre charge, eh bien ! continuez à cultiver ensemble, et à vivre en famille, comme si j'y étais encore. Vous vous aiderez et vous aurez assez pour être à l'aise, car réunis, vos dépenses seront moins fortes. Si vous avez de mauvais voisins, ils regarderont à deux fois avant de vous chercher chicane. Croyez-moi, mes enfans, je ne puis vous donner un meilleur conseil : ne séparez pas vos intérêts. Mon père mort, nous vécûmes ainsi quelques années ; mais tandis que, dans mes momens de loisir, je m'instruisais en choses utiles, mon frère passait son temps auprès d'une femme égoïste, ambitieuse et jalouse. Enfin il l'épousa. Bientôt cette femme, ennuyée de notre vie paisible, exigea de lui une séparation de notre patrimoine ; maîtrisé par elle, il y consentit. Dès-lors, ce frère n'en fut plus un pour moi : excité par elle, nous fûmes bientôt en querelle, puis en procès ruineux, qui les rendaient de plus en plus intraitables ; et je ne sais jusqu'où mon frère en serait venu, si je n'avais pris le parti de vendre mon petit bien et de m'éloigner. C'est alors que je me fixai dans ce pays. Je ne voulus pas acheter, parce que je n'aurais pas eu ensuite assez de moyens pour établir une bonne culture; parce que j'aime la paix, et que si je n'ai pu l'avoir avec un frère pour voisin, il est aussi très difficile d'y vivre avec des personnes que l'on n'est pas libre de choisir. En venant vous voir, j'ai aussi pour but, quoique simple locataire, de vous assurer du plaisir que j'aurai à vivre avec vous en bonne intelligence.

THOMAS. — Oh ! pour ça, M. Ambroise, vous pouvez être bien tranquille ; j'ai comme vous les procès en horreur, et je sais qu'ils ne servent, le plus souvent, qu'à engraisser les gens de loi. Je n'en ai eu qu'un dans ma vie, pour un bornage. J'ai fini par le gagner; mais il m'a fait passer plus d'une mauvaise nuit. J'en ai été si tourmenté, il m'a fait perdre tant de temps et nécessité tant de dépenses, que j'aurais mieux fait de l'éviter en passant par où mon adversaire voulait. Mais mon droit était évident, mon adversaire très entêté, et une fois que la justice a été saisie de l'affaire, il n'y a plus eu moyen de reculer.

AMBROISE. — Oui, c'est ainsi que j'ai vu des plaideurs payer en frais plus que la valeur de l'objet du procès ; et puis ensuite ce sont des animosités, des haines à n'en jamais finir, et qui souvent deviennent héréditaires dans les familles.

THOMAS.—Mais qu'y faire? Certainement je ne cherche de difficultés à personne. Mais si l'on me nuit, si l'on vient prendre mon bien, me laisserai-je maltraiter, dépouiller ?..

AMBROISE. — Il faut cependant ou que vous cédiez ou que vous plaidiez, et ces deux moyens, même la transaction, sont ruineux ; à moins que vous ne vous décidiez à faire comme moi.

Thomas.— Ah ! que je vende mes terres, n'est-ce pas?.. Merci, monsieur Ambroise, je suis votre serviteur; mais on n'est pas toujours en procès. J'aime encore mieux garder mon bien que d'être le fermier et presque le serviteur des autres; d'avoir un loyer de plus en plus coûteux à payer ; de ne jamais savoir sur quoi compter ; et après s'être donné bien de la peine pour améliorer les terres, de voir un autre à fin de bail, comme j'en connais qui se le proposent à votre égard, venir vous enlever le fruit de vos avances et de vos sueurs. En vérité, si vous n'étiez pas un fermier, et un homme sérieux, je croirais presque que vous voulez vous amuser.

Ambroise. — Bien... Je suis content de vous entendre parler ainsi, et vous auriez pu ajouter encore bien d'autres choses sur les inconvéniens de ma position, que je dois connaître encore mieux que vous. Aussi, je ne vous la donne pas comme ce qu'il y a de meilleur sur la terre.

Thomas. — Je crois bien !... Moi, par exemple, je fais ce que je veux; si je travaille, c'est pour moi et mes enfans; je n'ai de comptes à rendre à personne ; je suis certain que l'on ne me donnera pas congé, et le loyer ne me tourmente pas.... — Un moment. Vous dites donc que vous êtes très heureux dans votre position de propriétaire ? — Mais.... certainement.... je crois... — C'est ce que nous allons examiner, si cela ne vous contrarie pas. — Nullement. Ah ! par exemple, je serai bien aise de voir comment vous pourrez me prouver que le fermier, le locataire, est plus heureux que le propriétaire cultivateur ; et peut-être direz-vous aussi que le garçon de ferme à dix ou vingt sous par jour est dans une position plus avantageuse, lui qui doit bien travailler dix ans avant de pouvoir acheter un ou deux arpens de terre avec lesquels il sera à peu près aussi misérable qu'avant. Ça sera curieux. Pendant ce temps-là, Marie, donne-nous un coup à boire, et va porter au père Mitout le papier que tu as pour lui. Sois honnête... tu entends... ensuite tu iras dire à ton frère de revenir dès qu'il aura fini de labourer sa pièce.

AMBROISE. — D'abord, je ne crois pas vous avoir dit que les fermiers et les garçons de ferme sont heureux ; car ce n'est pas, et tout à l'heure, je le reconnaissais avec vous. J'ajouterai même à tout ce que vous avez dit, avec raison, sur les fermiers, qu'ils sont généralement, comme vous autres propriétaires, accablés d'une foule de maux : les années trop abondantes (car il faut déplorer même la grande fécondité !), et celles stériles ; le feu et l'eau, la grêle et les gelées, les maladies épidémiques des animaux, les insectes et tant d'autres fléaux, parmi lesquels l'usure, la dévorante usure, qui, cachée sous mille formes trompeuses, pèse encore plus sur eux, et qui, certainement, est un des plus grands et des plus difficiles à éviter. Car bien peu sont toujours en mesure de payer leur terme à l'échéance, ou de pourvoir aux besoins urgens du moment. Un cheval, ou un animal de travail vient-il à manquer? il faut de suite le remplacer; car les travaux pressent; et si l'on n'a pas d'argent ou un marché à sa portée, il faut en passer par où veut celui qui consent à vendre ou à faire du crédit; et, encore, ce crédit, souvent on vous l'impose pour gagner davantage. C'est alors une nouvelle cause de ruine pour le cultivateur, surtout s'il ne peut payer à l'échéance. Alors arrivent les renouvellemens de plus en plus onéreux, les poursuites, les saisies, etc. Pour le fermier, au lieu de facilités, ce sont des entraves : si, par hasard, il a un peu d'instruction sur la culture la plus avantageuse, les divers modes d'assolement, par suite de son bail, très souvent il ne peut en profiter, et tout s'en ressent. C'est ainsi que j'en ai vu être obligés de laisser des jachères, qui auraient rendu de bonnes récoltes pour nourrir les bestiaux, et par suite amélioré des terres, dont la bonne culture est fort coûteuse, et qu'ils négligent longtemps avant la fin d'un bail qu'ils ne sont pas sûrs de continuer. Ne savons-nous pas que beaucoup de fermiers sont d'anciens garçons de ferme, charretiers, enfin de pauvres diables, qui ayant à grand'peine fait quelques économies sur leurs salaires, ou ayant quelque petit bien qu'ils engagent, se croient en état d'exploiter une ferme. Rien de plus malheureux que ces pauvres gens : c'est le plus souvent une pitié que de voir leurs bêtes, toujours en trop petit nombre, et cependant peu nourries, courant après quelques brins d'herbe sur des terres aussi maigres qu'elles, et dont les chétives récoltes ne rendent guère plus que les frais de culture ! Tout cela est bien malheureux; car il est certain que si le fermier n'a pas assez de moyens, s'il est trop faible pour sa terre, s'il ne connaît pas à fond la culture et les soins qu'elle exige, ce qui a presque toujours lieu, il végétera et deviendra de plus en plus misérable, par suite de l'appauvrissement des terres et de l'augmentation continuelle des loyers. Et cela rejaillit sur tous les habitans du pays qui vivent de ses récoltes, et qui seront d'autant plus mal nourris et mal logés que ce mal fera plus de progrès ; car tout se lie dans le monde. Je suis si convaincu du mal résultant de tout cela, que je crois que ce serait un des plus impérieux devoirs, pour un gouvernement bien organisé et voulant le bien, que de veiller sans cesse à ce que nul ne soit admis à cultiver les terres des autres, sans avoir prouvé, devant un jury compétent et indépendant, sa capacité sous tous les rapports; et il faudrait encore, qu'en cas de bonne gestion, le cultivateur fût certain de la continuation de son bail. Ce serait là, je crois, un bon moyen de mettre chacun à sa véritable place et d'améliorer le sort de tous.

Thomas. — Ah ! pour ça, vous avez bien raison ; et vous me donnez même une bonne idée. J'en parlerai dans le banquet que nous organisons pour la réforme électorale ;

mais vous en faites peut-être partie ? — Non, ces messieurs n'invitent guère que les électeurs, les propriétaires. — Mais un fermier comme vous, qui est l'un des plus forts de l'arrondissement, je veux proposer de vous faire inviter. — Non, vous dis-je, je sais ce que c'est que tout cela ; je n'aime pas les alliances de partis qui se détestent du fond du cœur, ainsi je n'accepte pas. D'ailleurs, je serais trop sincèrement révolutionnaire pour le plus grand nombre de ces messieurs, et mieux vaut s'abstenir que d'y aller pour être réduit à ne rien dire. — Cependant ce que vous proposiez tout à l'heure est très sage, et je crois que... — Cette proposition n'est qu'un des résultats d'une toute autre organisation de la Société dans laquelle nous vivons, organisation dont les Réformistes ne veulent pas maintenant. — Cependant si cette organisation est bonne ?

AMBROISE. — Mais ne voyez-vous pas que les adversaires intéressés diraient : C'est attenter au droit sacré de propriété ! Il n'y aurait plus de liberté possible, diraient les uns ; cela mènerait à une absurde égalité, diraient les autres, car cette mesure, pour être efficace, devrait être générale, et bientôt elle frapperait le propriétaire jugé incapable. Elle détruirait donc la liberté du propriétaire de cultiver à sa volonté ou de louer à qui bon lui semble, et celle du fermier qui est entièrement libre de se constituer, où il peut et à ses risques et périls, producteur des subsistances de la France et d'une grande partie des matières premières que ses manufactures emploient. J'aurais beau dire, je serais hué et forcé de me taire.

THOMAS. — C'est possible ; mais cependant la liberté ne doit pas vouloir le mal; elle doit être sage, et s'il y a des inconvéniens à ce que vous proposiez et qui me paraît très raisonnable, je ne sais plus alors où nous allons ; car enfin, le propriétaire a tout intérêt à voir sa terre bien cultivée ; le fermier à ne pas être exposé à se ruiner, et tout le monde désire être bien nourri, logé, vêtu et assuré d'une vie tranquille et heureuse.

AMBROISE. — Sans doute ; et l'on pourrait même ajouter que pour certaines professions, comme médecins, chirurgiens, pharmaciens, avocats, avoués, etc., etc, on est obligé de faire des études et de subir des examens, avant de pouvoir les exercer ; mais il ne manque pas d'hommes qui, faute de réflexion, d'autres par calcul, entretiennent tous les abus et les préjugés sous lesquels se débat encore l'humanité. La véritable instruction, la moralisation, les bons exemples, d'autres institutions enfin, pourront seuls mettre un terme à tous ces maux, qui font de la terre un vrai lieu de douleurs.

THOMAS. — C'est pour cela que je travaille à notre grande réforme électorale, laquelle, quoi que vous en disiez, peut produire des améliorations, et que je veux complète ou pas du tout, comme je le leur dis toujours. — Mais cette réforme, sur quelles bases l'entendez-vous ? — Il est convenu que publiquement on ne doit pas parler de cela , et c'est très bien vu, parce que cela évite les discussions qui pourraient la retarder. — Voilà precisément le vrai moyen de n'être jamais d'accord et de n'arriver à rien, ou de préparer pour l'avenir de nouveaux malheurs. Enfin êtes-vous tous approchant du même avis ? — Ah! bien oui ! il y a, parmi les Réformistes qui examinent la question, presque autant de nuances que de zéro à deux cents. — Et vous êtes peut-être pour zéro ? — Pas tout à fait... Tenez, franchement, je ne sais pas au juste; mais je veux tout ce qui est possible. Vous comprenez bien que zéro ou le suffrage universel engendrerait une immense corruption. — C'est possible, comme maintenant deux cents francs; car les extrêmes se touchent.

THOMAS. — C'est ce que je me dis ; aussi il me semble qu'on pourrait prendre un terme moyen ; çà serait peut-être la meilleure combinaison, et la difficulté se trouverait tranchée. — Oui, cent francs pour le cens électoral feraient un vrai juste milieu de corruption ;... ça doit être à peu près ce que vous payez? — Justement; mais on dirait que vous plaisantez?

AMBROISE. — Je ne plaisante jamais sur de pareils sujets : car misère et corruption ne sont pas des choses risibles, et votre abaissement du cens à cent francs ne donnerait pas un électeur sur dix propriétaires, un votant sur trente-trois habitans ; et même à cinquante francs de contributions , vous n'arriveriez pas encore beaucoup plus haut que ces proportions. — C'est incroyable !

AMBROISE. — Sur environ dix millions trois cent mille propriétaires qu'il y a en France, plus de *huit millions* ne paient pas *vingt francs d'impôt direct*, et ne sont donc que de bien misérables propriétaires, de pauvres journaliers ne pouvant vivre de ce qu'ils ont. Jaloux entre eux, souvent en querelles, ne pouvant avoir ni l'instruction, ni les moyens, ni même la possibilité, en raison de leurs minimes propriétés, de bien cultiver la terre, voilà certainement une des plus grandes sources des maux de notre époque.

THOMAS. — Ainsi, vous blâmez la division des propriétés, que l'on nous a tant vantée, comme la plus belle chose du monde. — Je blâme ce qui est évidemment vicieux. Certainement la grande division est un mal : alors tout se fait trop en petit et au milieu des difficultés. — Ainsi, vous approuvez la concentration, et vous seriez pour le droit d'aînesse. — Non, car c'est une affreuse injustice, et alors le Peuple tombe dans la servitude et l'esclavage. En quatre-vingt-neuf, on a vu le mal qui en était résulté ; tout le monde a voulu devenir propriétaire, et l'on s'est jeté dans l'extrême contraire, qui a produit ce que nous voyons et qui ne vaut guère mieux : quelques riches, beaucoup de pauvres.

THOMAS. — C'est désespérant ; mais, voyons, que voulez-vous donc? car vous semblez tout rejeter, même le suffrage universel, qui paraît cependant convenir même à des gens très riches : chose assez singulière, et qui ne m'inspire pas grande confiance. Qu'en pensez-vous, vous, le fermier d'un grand seigneur?

AMBROISE. — Ce que je veux, je vous le dirai bientôt. Quant au suffrage universel, appliqué maintenant au milieu de tant de misères et de partis, je crois que ce serait compromettre un droit sacré, et qui doit faire l'espérance et le but de notre époque, où l'on en cherche l'application véritable dans un temps et avec des institutions plus favorables. Quant aux riches, aux privilégiés, qui l'acceptent actuellement, beaucoup ont leurs raisons pour cela, et sachant que la fortune et leur éducation, qui détruisent l'Égalité et la Liberté, leur donneraient presque toute l'influence ; considérant la Fraternité comme un vain mot, sans application possible, et seulement à l'usage du clergé, ils s'arrangeraient très bien d'un droit dont ils profiteraient, et qui succomberait bientôt dans des luttes sans fin.

Maintenant, revenant à notre sujet, nous disons : Oui, la position des fermiers, en général, n'est pas heureuse. Mais voyons la position des propriétaires, dont nous avons vu l'extrême misère, pour la grande masse qui cultive elle-même. Et, d'abord, de ce que les fermiers sont malheureux, il résulte de suite, et comme conséquence inévitable, que leurs propriétaires ne peuvent être généralement heuceux; car le sort des uns est inévitablement lié à celui des autres. Si le fermier est gêné, il paie difficilement ou pas du tout. Il faut alors le poursuivre, faire casser son bail, le surveiller, le saisir, etc. ; tout cela est pénible et coûte. Puis il faut le remplacer, avec l'inquiétude de ne pas s'en trouver mieux. Souvent le fermier n'a aucun intérêt à ménager la chose louée ; il ruine la terre, et l'entretien à la charge du propriétaire, devient très coûteux. Le fermier veut un long bail, on le lui fait court ; il voudrait des facilités, et l'on est pressé d'être payé. Aussi, tout s'en ressent, terres et bâtimens. C'est donc bien en vain que la loi lui recommande *d'agir en bon père de famille!* La loi n'oublie qu'une chose, c'est que l'intérêt du fermier est presque toujours en opposition avec celui du propriétaire, et que le fermier a bien assez de sa propre famille à soigner, sans penser à celle de son maître. Joignez tous les désastres qui peuvent arriver, et il résultera de tout cela et du prix toujours croissant des terres, devant lequel l'ancien libéralisme avait la manie de s'extasier, qu'elles ne rapportent presque plus rien, et qu'il en faut d'énormes quantités pour vivre du produit de leur location.

THOMAS. — Je suis de votre avis ; aussi je plains ceux qui ne peuvent cultiver eux-mêmes, surtout quand ils ont assez de terre pour vivre.

AMBROISE. — C'est bien ; mais vous êtes-vous assez rendu compte de la position du propriétaire cultivateur, sujet aux mêmes maux que le fermier? Et puis, vous-même, tenez-vous des comptes de culture assez en règle pour bien connaître votre situation; ce que vous coûtent et vous rapportent vos produits? Faites-vous, comme un fabricant rangé, qui sait au juste à combien lui revient chacune des choses qu'il fabrique?

Thomas. — Ma foi, non; à vous dire vrai, je vais un peu selon mon idée; et puis, je ne suis pas un manufacturier.

Ambroise. — Comment! vous n'êtes pas un fabricant de blé, de fourrages, de plantes de toutes sortes, de bestiaux, de chevaux, de volailles, de laine, etc.?... — C'est vrai; mais je n'avais jamais envisagé mon état sous ce point de vue bien simple, et je vous avoue que je ne tiens aucun compte en règle. En cela je fais comme mon père qui ne savait ni lire ni écrire. — Mais les temps ne sont plus les mêmes. Vos terres vous coûtent infiniment plus cher; vos besoins sont bien plus grands, vos charges plus lourdes. Tout marche autour de nous, et il faut avancer ou reculer. Avec des comptes, vous seriez fixé sur une foule de choses qui sont pour vous, et par suite pour la Société, de la plus grande importance. Car, enfin, vous contribuez, pour votre part, à cette immense production, indispensable à l'existence du pays, et qui est le point de départ de tout le reste. En ne tenant pas de comptes, vous faites malheureusement comme tant d'autres qui ne pourraient même pás les établir; mais toujours est-il que vous allez ainsi au hasard, et cela mène souvent à se ruiner. La plupart des cultivateurs croient aussi s'enrichir en achetant des terres, et presque toujours ils ne font que s'appauvrir. — Comment s'appauvrir en ayant plus de terres?

Ambroise. — Certainement; celui qui paie trop cher, qui achète sans avoir de quoi payer, ou qui emprunte à un taux plus haut que le revenu de sa terre, est toujours sûr de se ruiner. Les exemples ne manquent pas; mais je vous citerai mon frère dont je vous ai parlé. Sa femme, ainsi que lui, avaient aussi la folie d'acheter; de plus, il aimait la goutte, et c'est ainsi que souvent il faisait les plus sots marchés. Aussi prêteurs, usuriers, acheteurs, vendeurs, compères, tous ont si bien manœuvré auprès d'eux, qu'ils ont fini par avoir tout leur bien, et certainement il ne leur a pas coûté cher; et j'ai appris qu'enfin ils avaient été réduits à quitter le pays, sans que j'aie pu savoir ce qu'ils sont devenus. De la masse des propriétaires sort sans cesse une multitude de malheureux qui ne rêvent qu'agrandissement de leur bien. S'il y a un morceau de terre à vendre, vite ils se jettent dessus, c'est à qui l'aura; la vanité, puis l'entêtement, s'en mêlent, et ils achètent à des prix exorbitans. S'ils ne paient pas, l'hypothèque, les prêteurs sont là, qui, comme un cauchemar, leur pèsent continuellement sur le cœur; et les dettes qui frappent ainsi les propriétés, grandes ou petites, forment *des sommes énormes qui se comptent par* MILLIARDS, *et dont il faut payer la rente!*

Ainsi il y a une multitude de gens qui ont la manie des terres, comme d'autres celles de l'argent, du linge, des chevaux, etc., etc. Tout cela est déplorable et forme un immense désordre ; car tel achète de la terre, à un prix exagéré, qui n'a pas seulement les avances d'argent, bestiaux, instrumens, enfin tous les moyens de cultiver convenablement celle qu'il possède ; et il en résulte que sa gêne devient extrême, son exploitation très mauvaise, ses engrais presque nuls, et la somme des produits infiniment moindre, ce qui (je ne le dirai jamais trop) est un immense malheur pour tout le monde. Ils ne paraissent pas savoir qu'une terre bien cultivée rapporte au moins quatre fois plus que celle qui l'est mal, et c'est là l'histoire de presque tout notre pays. Aussi, voyez quelle somme de richesses perdues ! Le département du Nord, par exemple, où la culture est perfectionnée, a à peu près la même étendue que celui des Deux-Sèvres qui contient environ 300,000 habitans. Eh bien, le Nord nourrit près d'un million, soit 700,000 personnes de plus que les Deux-Sèvres ; il récolte quatre fois plus de grains, cinq fois plus de pommes de terre ; ses chanvres, ses lins alimentent une multitude de manufactures, et le produit de ses huiles est évalué à seize millions de francs. Ainsi, vous le voyez, il est bien vrai que tant vaut l'homme, tant vaut la terre. On dit qu'*il y a trop de monde en France ;* c'est un *horrible mensonge* qui fait croire au Peuple que le carnage est nécessaire, tandis qu'il ne lui faut que de l'instruction, de bons exemples et surtout *d'autres institutions.* Alors la France, avec ses soixante millions d'hectares de terres à cultiver, pourra facilement et très abondamment nourrir au moins le DOUBLE D'HABITANS.

THOMAS. — Je reconnais qu'il y a beaucoup à améliorer, et je sais que vos terres étant très bien cultivées, doivent vous rapporter beaucoup. Mais aussi cette culture doit vous coûter énormément, et enfin, quelles que soient les années, il faut toujours que vous payiez votre loyer.

AMBROISE. — C'est vrai; mais ayant vendu tout ce que j'avais, avec quelques bonnes connaissances en agriculture, et un capital suffisant pour exploiter, je me suis trouvé un fermier aisé au lieu d'être un pauvre propriétaire, et les terres me rapportent ainsi beaucoup plus que vous ne pouvez le croire, car je varie tellement mes cultures que toujours l'une succède à l'autre. En outre, vous le savez, quand les années sont trop mauvaises, la loi nous accorde des indemnités, avantage que n'a pas le propriétaire cultivateur; mais si vous insistiez, je vous dirais pour moi personnellement : oui, je loue sur le pied d'environ deux à trois pour cent de la valeur, tandis que le propriétaire emprunte à cinq ou six sur le fond, et le fermier souvent à dix et plus. Mon avantage est donc évident, puisque je n'emprunte jamais.

Mais voici encore une grande source de ruine pour les propriétaires et cultivateurs ayant une certaine aisance.

C'est la croyance où ils sont que ce qu'on nomme une brillante éducation, donnée à leurs enfans, est le plus beau don qu'ils puissent leur faire. Ayant la sottise de mépriser leur noble état, ou s'y sentant mal à l'aise, ils font d'immenses sacrifices pour les lancer dans d'autres professions. Qu'y gagnent-ils ? C'est qu'une multitude de ces jeunes gens se pervertissent dans les villes, y contractent les plus mauvaises habitudes, ruinent leurs parens et deviennent souvent enfin des êtres dangereux pour la Société. Beaucoup végètent dans leur état et méprisent leurs parens ; enfin, il n'est pas rare de les voir finir de la plus triste manière. C'est ainsi que j'en ai vu un qui, encore étudiant, se croyait très savant et faisait passer, auprès de ses camarades, son père pour un domestique ; puis, pour subvenir à ses folles dépenses, il commit des actes qui l'ont conduit aux galères. Le père, désespéré, et voulant cacher à sa femme et à ses compatriotes un si affreux résultat, le fit passer pour décédé, et fit célébrer pour lui l'office des morts.

Thomas. — C'est bien triste. J'ai un fils, je l'aime, et, dans son intérêt même, je n'aurais jamais fait pour lui de pareils sacrifices. — Oui, mais vous avez peut-être donné dans l'extrême contraire en ne lui procurant presque aucune instruction ; car c'est tout au plus s'il sait lire. C'est fâcheux, car il est excellent garçon.

Thomas. — J'en suis très affligé ; mais vous le savez, les travaux commandent, et l'on ne fait pas toujours ce que l'on voudrait bien ; et puis dans son enfance ils n'y avait pas d'école ici. Mais du moins ma fille, ma petite Marie, est plus instruite, et elle fera, j'en suis sûr, une bonne ménagère.

AMBROISE. — Oui, si elle épouse un homme de son goût et un travailleur capable ; heureux alors celui qui l'aura ! Pour en revenir à ce que je disais, plus je vais et plus je trouve que j'aurais tort, dans ma situation de fermier. de me croire plus malheureux que bien des propriétaires, à commencer par M. le comte, mon riche bailleur, avec qui je suis toujours en avance, et dont les biens sont très hypothéqués, tant il est gêné par ses énormes dépenses de maison, celles de sa femme et de ses enfans ; sans compter ses affaires de spéculation, qui quelquefois le rendent comme fou.

THOMAS. — Mais alors avec un pareil homme, et une si forte exploitation, vous devez beaucoup redouter la fin de votre bail. — Nullement, je vous l'ai dit, je suis totalement libre, car je ne dois rien à personne et mon parti est pris. En le quittant, lui et sa terre pourront bien y perdre plus que moi. — Vraiment j'admire votre tranquillité. Vous avez donc quelque chose de meilleur en vue ? — Certainement, quelque chose d'infiniment meilleur que tous les baux du monde. Mais tenez, j'ai reçu dernièrement une lettre de lui et voilà son dernier mot. Lisez :

Thomas. — « Voici mes intentions au sujet de votre
» bail qui expire à la Saint-Jean prochaine : Si vous êtes
» disposé à subir mille écus d'augmentation ; à payer de
» suite à madame la comtesse, dont la ferme que vous
» exploitez est une des propriétés, 10,000 fr. d'épingles ;
» et à me promettre d'honneur votre suffrage et votre in-
» fluence le cas échéant, vous pouvez compter sur un
» nouveau bail de dix-huit ans. Voyez donc, et décidez-
» vous promptement, car je vous avertis qu'à ces conditions
» je ne manquerai pas d'amateurs. » Quelles propositions !
En vérité, ces grands seigneurs ne doutent de rien.

Ambroise. — Oui, voilà le sort du fermier ; voilà l'exploitation, la corruption, la concurrence. — Lui avez-vous répondu ? — A l'instant, en deux mots : *Je refuse.* Mais ne
nous arrêtons pas davantage sur tout cela.

Que vous dirai-je maintenant, des misères du journa-
lier ? de ces pauvres ouvriers et ouvrières des campagnes,
qui n'ont d'autre patrimoine que leurs forces et leur
santé ? Hélas, voilà toute leur fortune, et sans cesse elle
est compromise par l'excès même de leurs rudes travaux,
dans les temps les plus mauvais, les chaleurs les plus acca-
blantes, et par l'insalubrité de leurs tristes et misérables de-
meures, où les secours du médecin sont si rares et presque toujours trop tardifs.

Que l'on parcoure les nombreuses contrées pauvres de
notre France, la Bretagne, la Sologne, les Vosges, les Lan-
des, etc., etc-, et l'on verra l'ouvrier des campagnes, sans

instruction, plus dégradé que les animaux au milieu desquels il vit, passer ses plus belles années dans les privations, et finir ses jours dans la plus profonde misère. Et cependaut, ô riches, c'est là que se recrutent nos braves armées, et que se vend pour vous la chair humaine ! C'est là aussi que sont les secondes mères de vos enfants naissans, qui plus tard deviendront à leur tour les impitoyables oppresseurs de ceux dont ils reçurent les premiers soins !.. Et on nomme cela une société ; de la civilisation !!.....

Mais arrêtons-nous, car il faudrait bien du temps encore si nous voulions tout dire sur ce triste sujet.

Thomas. — Continuez, monsieur Ambroise, ces détails m'intéressent vivement.

Ambroise. — Un autre jour, si vous voulez, monsieur Thomas, et vous verrez que partout où l'on porte ses regards (1), au village et dans la campagne, on n'aperçoit que misères et souffrances, démoralisation et désordre.

Thomas. — Vous avez raison, et comme vous, je suis très affligé de tout cela, mais puisque vous me faites voir le mal, quel est selon vous le remède ? Je suis bien curieux de le connaître.

Ambroise. — Certainement, rien n'est plus important, et je vous en parlerai tout à l'heure... Mais voici made-

---

(1) Une autre brochure sera en effet spécialement consacrée au sort des *Ouvriers dans la Campagne.*

moiselle Marie de retour ; comme elle a l'air triste ! Je ferais peut-être mieux de remettre la suite de notre entretien à un autre jour ?

THOMAS. — Je sais ce qui l'afflige ; restez, cela me fera plaisir ; d'ailleurs tout ce que vous me dites m'intéresse vivement.

---

MARIE. — Mon père, je viens de faire vos commissions ; mais certainement, je ne retournerai plus chez les Mitout, car ils m'ont reçue on ne peut plus mal.

THOMAS. — Comment cela ? tu leur portais une bonne nouvelle !

MARIE. — Il s'agit bien de cela ! Le père est furieux contre vous ; il parle comme si vous lui aviez volé pièce de terre que vous venez d'acheter ; il fait les plus grands reproches à son fils qui se défend en disant : que vous l'avez fait boire lors de la vente, pour l'empêcher de vous nuire, comme si ce n'était pas chez lui une habitude. — Tu as bien fait de lui dire ça ; mais voilà mon projet manqué. — Ce n'est pas moi qui en serai fâchée. Malheureusement le père paraît vouloir nous chercher querelle sur tout. Il dit que vous le gênez dans sa culture, et prétend que depuis longtemps vous avez empiété sur lui en labourant, et que peu à peu vous voulez lui enlever son étroite pièce de terre. Quand je lui ai remis l'avis d'aller toucher son argent, il m'a répondu d'un air menaçant : vous pouvez dire à votre père, que nous ne nous laisserons pas dépouiller ainsi ; que je vais réclamer justice, et que, pour l'obtenir, j'y dépenserai plutôt jusqu'au dernier sol des quatre mille francs que je vais toucher. Et il est sorti n proférant d'autres menaces, auxquelles je n'ai pas compris grand'chose ; mais certainement, il est dans de très mauvaises intentions à notre égard.

THOMAS. — Allons, voilà encore un procès qui va me tomber sur le dos.

AMBROISE. Peut-être feriez-vous mieux, surtout si vous croyez avoir tort, d'aller au devant et de lui donner même des indemnités. — Ce sont de mauvaises chicanes et nous verrons.

MARIE. — Mon père, prenez garde : c'est un méchant homme, et il peut vous faire bien de la peine.

AMBROISE. — Mais que signifient ces menaces, que mademoiselle n'a pu comprendre ; auriez-vous quelque engagement en circulation ?

MARIE. — Je crois que monsieur Ambroise a deviné juste, et d'après ce qu'il disait tout bas, je crois bien que c'est de quelque chose comme cela qu'il s'agit.

THOMAS. — Vous savez que quelquefois on est bien forcé de s'engager ; je n'ai en ce moment qu'un seul billet à payer, et il est entre les mains d'un ami qui m'a promis d'attendre.

AMBROISE. — Eh bien, tenez-vous en garde de ce côté ; car les amis, en fait d'argent, sont bien sujets à faire défaut. Au surplus, si vous étiez par trop tourmenté pour cela, et que ça vous convienne, je tâcherais de vous aider.

MARIE. — Ah, Monsieur que vous êtes bon !

AMBROISE. — Merci Mademoiselle. Peut-être que mon secours ne sera pas nécessaire ; mais, dans le cas où il le deviendrait, je serais trop heureux si cela pouvait m'assurer votre reconnaissance.

THOMAS. — Je vois que vous êtes un véritable ami, et je ne vous le cache pas, étant un peu gêné en ce moment, si j'étais trop pressé de ce côté, je profiterais de votre offre obligante ; mais peut-être que cela vous gênerait ?

AMBROISE. — Je n'aurai pas ce mérite. Je vous l'ai dit, je ne continuerai pas mon bail, et je vais avoir à réaliser tout ce que je possède, en chevaux, bestiaux, récoltes, etc.

THOMAS. — Vous ne voulez donc plus cultiver ? — Bien au contraire, plus que jamais ; mais ce ne sera pas dans ce pays ci.

MARIE. — Est-il possible ! Comment, M. Ambroise, vous voulez absolument nous quitter ?

AMBROISE. — Il le faut, Mademoiselle, et je dirai pourquoi. Mais avant, je veux vous donner une idée plus complète de celui à qui je dois la vie, et dans quels principes je fus élevé.

Défunt mon respectable père (il ôte son chapeau), était un homme d'un grand sens. Bien différent des cultivateurs dont je vous ai parlé, durant toute sa vie de laboureur, il se fit un plaisir de rendre service, et une gloire de son état, qu'il considérait à juste titre comme le premier de tous ! Il citait souvent avec joie cette noble coutume de la Chine d'après laquelle c'est l'empereur, considéré là comme le père du peuple, qui ouvre les travaux des champs, en traçant lui-même le premier sillon. Dans les conseils que sa bonté prévoyante nous donnait, et que malheureusement je n'ai pu suivre, pour nous prouver l'avantage de l'union et l'unité d'action, il insistait sur ce trait d'un roi des temps anciens, qui, au moment de quitter la vie, disait à ses enfans : « Vous voyez : isolément, malgré toute votre » vigueur, vous ne pouvez rompre ce faisceau, eh bien » moi, faible vieillard mourant, je vais à l'instant le dé- » truire. » Et, le divisant pièce à pièce, il le brisa sans peine. Resté veuf de bonne heure, mon père se lia intimement avec un ancien et bon curé de mon village, un vrai ministre du Christ, enfin, un de ces hommes tolérans et sages comme on en voit bien peu. En causant avec lui, il se forma des idées justes sur une foule de choses. Aussi mon père n'avait que peu de livres, mais son instruction était solide, car ils étaient bien choisis, et quand il en achetait un qu'il reconnaissait mauvais, de suite il le brûlait, ne voulant pas, disait-il, être empoisonné et empoisonner les autres. Ayant traversé en honnête homme l'époque si importante de la révolution de quatre-vingt-neuf, son grand regret était de n'en pouvoir rencontrer une histoire impartiale, les trouvant toujours toutes dictées dans l'intérêt du parti régnant, et il considérait ce fait comme une des principales causes de la misère des temps : car il assurait que l'on trouverait, dans un livre bien fait sur ce sujet, de quoi s'instruire sur presque tout ce qui intéresse le plus les Nations. Plus heureux que lui, j'ai pu enfin me procurer un ouvrage qui n'existait pas de son temps, et qu'il eût certainement approuvé, et voilà la première cause du projet qui m'occupe maintenant.

THOMAS. — Et de qui est donc cet ouvrage ; voudrez-vous me le prêter ?

AMBROISE. — Volontiers ; il est de M. Cabet.

THOMAS. — Cabet... mais attendez donc ; je connais ce nom là ; n'a-t-il pas été procureur-général, député ? — C'est vrai. — Eh bien, voilà qui est très singulier ; on en dit tout le mal possible. — Je n'en suis pas surpris, car telle est la manière d'agir des adversaires sans loyauté et des ignorants. Les uns affirment, les autres répètent, mais on vous a trompé indignement, car la vie de M. Cabet est un continuel sacrifice aux intérêts du Peuple. —Ils disent qu'il veut l'abolition du mariage, de la famille....

Marie. — Oh ! ce n'est pas possible.

Thomas. — Oui, puis aussi le partage des terres.

Ambroise. — Tout cela est autant d'abominables mensonges : on s'est plu méchamment à lui attribuer les folies d'hommes se disant Communistes, égarés ou corrompus, qu'il a toujours désapprouvés, énergiquement combattus. C'est ainsi qu'il y a dix-huit siècles on a amené une nation ignorante et fanatique à faire mourir, d'une manière atroce et entre deux voleurs, le malheureux et doux JÉSUS, qui était le plus sincère ami du Genre humain, et tant d'autres qui ont aussi voulu éclairer le Peuple sur ses droits et ses devoirs, et qui ont également péri victimes de leur généreux dévoûment.

Marie. — C'est affreux !

Thomas.—Cependant, on assure que beaucoup de journaux d'opinions diverses, quand ils parlent de ce M. Cabet ou des Communistes, sont, à ce sujet, parfaitement d'accord entre eux, et les représentent comme ce qu'il y a de plus dangereux pour la Société.

Ambroise. — On pourrait dire d'eux ce que JÉSUS, qu'ils condamneraient aussi à notre époque, disait de ses persécuteurs : Pardonnez-leur, mon Dieu, car ils ne savent ce qu'ils font ! et ce que vous dites prouve seu-

lement que leur union contre M. Cabet et le Communisme
soutient le mal, puisque nous avons vu, qu'en fait d'agriculture et de propriété, la Société est on ne peut plus mal
organisée. Et si je vous avais parlé de l'industrie et du
commerce, dans notre état actuel, vous auriez également
reconnu que là encore tout est désordre, folle production,
concurrence outrée, discorde, friponnerie et misère pour
tous, patrons, ouvriers, consommateurs; c'est ce que M.
Cabet a très bien démontré dans une petite brochure intitulée : *l'Ouvrier.*

MARIE. — En effet, vous savez, mon père, comme on est
tourmenté par tous ces colporteurs qui passent ; et lorsque
je vais à la ville, je vois toujours les marchandises de plus
en plus à bas prix.

AMBROISE. — Oui, et de plus en plus mauvaises ; car on
vous trompe avec ces apparences de bon marché, et ce
que vous achetez, très souvent ne vaut absolument rien ;
c'est alors infiniment trop cher : votre façon est la même,
et vous êtes volés.

THOMAS. — Il est bien vrai que maintenant on n'entend
que des plaintes de tous côtés.

AMBROISE. — Aux maux terribles de la guerre a succédé,
surtout depuis plus de trente ans, le mal social des nations,
peut-être plus affreux et certainement plus général. Oui,
l'avenir de l'Europe est sombre ! et ainsi qu'un voyageur

imprudent, qui ne s'arrêterait pas sur la pente rapide d'un précipice, s'y enfoncerait rapidement; ou comme un malade abandonné de tout secours, serait bientôt aux prises avec la mort; de même notre Société, avec sa civilisation trompeuse, ses jouisseurs et ses mendians, ses exploiteurs et ses exploités, tant qu'elle restera dans la voie fatale et anti-fraternelle de l'égoïsme, où elle s'engage de plus en plus, verra sans cesse son mal aller en augmentant, jusqu'à ce qu'une horrible secousse, causée par la misère, fasse enfin justice de tant de corruption.

MARIE.—Vous me faites trembler, monsieur Ambroise; car cela me rappelle ces nombreuses bandes de pauvres dont nous avons tant de peine à nous débarrasser, et dans l'une desquelles j'ai vu une fois mon vieux et honnête père nourricier; aussi, je les plains sincèrement, et souvent je déplore d'être dans une position à pouvoir exciter leur jalousie.

AMBROISE.—Bien, mademoiselle : ces sentimens font l'éloge de votre cœur. Mais on assure que dans d'autres pays, comme l'Angleterre, l'Irlande, etc., la misère est bien plus grande encore ; et là, un grand nombre, infiniment plus malheureux que les animaux, meurent, à la lettre, de faim et de besoin dans leurs galetas; tandis que d'autres, même des prêtres mondains, possesseurs des fortunes les plus incroyables, nagent dans l'abondance ou meurent d'indigestion dans leurs palais! Et l'on ose encore parler de Li-

berté, d'Égalité, de Fraternité chrétienne entre tous ces hommes !... Aussi, M. Cabet cite souvent ces mémorables paroles de M. Guizot : « *C'est l'esprit du temps de* DÉ-
» PLORER *la condition du peuple... Mais* ON DIT VRAI;
» *et il est impossible de* REGARDER, SANS UNE COM-
» PASSION PROFONDE, TANT DE CRÉATURES HUMAINES SI
» MISÉRABLES... *Cela est douloureux,* TRÈS DOULOUREUX
» A VOIR, *très douloureux à penser; et cependant il*
» *faut y penser,* Y PENSER BEAUCOUP; *car à l'oublier*
» *il y a tort grave et* GRAVE PÉRIL. »

THOMAS. — Voilà qui est bien parlé; mais cela ne suffit pas, il faut agir, et il est premier ministre, M. Guizot; il peut beaucoup, soit pour le bien, soit pour le mal : eh bien! que fait-il ?

AMBROISE. — Rien. Comme un médecin qui se conten-terait d'observer l'agonie du malade, il laisse faire, et voilà à quoi il se borne !

THOMAS. — Aussi on en dit de belles sur son compte ! mais tout le monde ne s'endort pas ainsi, et dans les réu-nions pour la Réforme, on parle beaucoup d'organisation du travail et d'associer le capital, le talent et la main-d'œu-vre. Il est question aussi, d'une nouvelle répartition de l'impôt foncier d'après une progression telle, qu'à 100 fr., par exemple, de revenu, on ne paierait qu'un décime ou 2 sols au lieu de 10 fr, ; et moi, pour soit 1000 fr. de re-venu, 10 décimes ou 1 fr. par 100 fr.. soit en tout 10 fr., au lieu d'environ 100 fr, que je paie. Ceci ne me paraît pas si mal imaginé, et soulagerait bien du monde, tout en laissant de l'aisance aux riches.

AMBROISE. — Ces propositions font beaucoup d'effet dans nos campagnes, où l'on ne va pas au fond des questions. Mais voyez : en continuant ce calcul, vous arriverez à prendre au riche, ayant 50,000 fr. de rente, ( ce qui serait le maximum de fortune possible , avec cette échelle de progression) la moitié de son revenu , ou 25,000 fr. par an. C'est encore en comparaison du pauvre, de l'inégalité, de l'aristocratie. Les riches, qui font la loi, n'y consentiront pas, et ils diront : votre projet ne fait, et ne peut faire aucune différence entre les charges qui varient sans cesse d'une famille à une autre, selon le temps, les événements ; donc il est absurde et inhumain. En outre, il serait la source d'une multitude de faux actes, qu'il fera commettre pour se soustraire à la loi, qui ne rendrait pas ce qu'on espère et qui pousserait ainsi à l'immoralité. Enfin les opposants ajouteraient : à moins d'adopter le suffrage universel, vous qui voulez baisser le cens électoral et étendre le nombre des électeurs, votre projet aurait pour résultat immédiat d'en diminuer énormément le nombre, car les millions d'individus imposés, à quelques milliers près, ne paieraient plus rien ou très peu de chose ; beaucoup de parties dans le commerce, qui vivent du luxe des riches, seraient ruinées ; les dépenses et le déficit des revenus de l'État viendraient surcharger les impôts indirects, frappant sur tous, ainsi que de nouveaux emprunts de plus en plus ruineux pour tout le monde.

Quant à l'organisation du travail, sur les bases de l'association du capital, du talent et du travail, vous voyez que cette seule énumération indique encore une immense inégalité, c'est-à-dire l'aristocratie. Puis, comment estimer au juste le talent qui prétend se constituer à part? Chacun n'a-t-il pas son talent? Aussi quelle prime pour la vanité, que de mécontentements! et s'il y a, comme c'est inévitable avec ce projet, renchérissement des marchandises, il porterait sur tout le monde et très peu seraient plus à l'aise. Puis, quelle porte ouverte à la contrebande, et quelle privation de débouchés au dehors! N'examinons pas davantage tout cela, car on se perd dans les inconvénients, les impossibilités.

Thomas. — Ainsi donc, voilà toutes mes illusions dissipées; et nous restons en présence de l'état de choses actuel, dont, excepté le petit nombre de ceux qui en profitent, tout le monde se plaint. Quel triste avenir pour nous et nos enfans! c'est vraiment désolant! Puisque vous me faites voir le mal, montrez-moi donc enfin le remède.

Marie. — Mon père, voilà M. Mitout; qu'est-ce qui peut l'amener maintenant?

MITOUT. — Monsieur Thomas, j'ai un mot à vous dire.

THOMAS. — Monsieur n'est pas de trop, vous pouvez parler.

MITOUT. — C'est qu'il y a, voyez-vous, des choses que l'on n'est pas toujours bien aise… — Parlez, vous dis-je. — Oh ! alors, comme vous voudrez. Il s'agit donc de me compter mille francs, pour un billet que vous avez souscrit, payable à vue, et que je viens vous apporter. J'ai besoin de suite de cet argent, ainsi payez ; le voilà et bien acquitté.

THOMAS. — Je ne m'attendais pas sitôt à ce remboursement, et si vous vouliez patienter seulement huit jours…

MITOUT. — Vraiment… huit jours… à votre aise ! Je n'attendrai seulement pas huit heures, entendez-vous ? Ah ! c'est comme ça que vous payez vos dettes ! Eh bien ! je vous préviens que je vous ferai voir du chemin, car j'ai escompté le prix de la terre que vous venez d'acheter, et si vous avez la mémoire courte, moi je n'oublierai pas les échéances. En attendant, je vais de suite aller trouver l'huissier.

MARIE. — Ah, mon Dieu !

AMBROISE. — Rassurez-vous, mademoiselle. (Et sortant un portefeuille de sa poche, il en tire un billet de banque de 1,000 francs, le pose sur la table et déchire l'engagement de Thomas, en disant :) Maintenant, monsieur, vous êtes payé, vous pouvez vous retirer.

Mitout, en colère et serrant le billet : Oui, je sors..., mais c'est encore pour aller chez l'huissier, car on a pris sur mon bien.

Ambroise. — Pour cela, je sais de quoi il s'agit et c'est ce qu'on verra.

Mitout. — Oui, on verra ! et aussi bientôt votre riche propriétaire, monsieur le fermier Communiste. — Dites Icarien. — Oh, je n'y tiens pas du tout !

Marie. — Le méchant homme !

Thomas. — M. Ambroise, le service que vous venez de me rendre mérite toute ma reconnaissance et.... — Je vous l'ai dit, je suis heureux d'avoir pu vous obliger. Mais voyez : cet homme est plus aisé que vous; vous le croyez heureux, et cependant il est furieux, parce que la soif des richesses le tourmente, et parce que tous ses projets de ruine et de vengeance contre vous sont dérangés; et maintenant, malheur à ceux qui vont avoir affaire avec lui. Voilà les résultats de la propriété individuelle, de l'inégalité, de l'égoïsme et de la cupidité ; et il faut encore s'estimer heureux quand ils ne se traduisent pas, comme cela arrive si souvent, en vols et en assassinats.

THOMAS. — Malheureusement ce n'est que trop vrai. Mais tout à l'heure vous avez prononcé le mot Icarien ; qu'est-ce que cela veut dire ?

AMBROISE. — L'Icarien est le Communiste qui, contrairement aux autres, d'ailleurs très peu nombreux, est opposé à la violence et veut la famille. Je vous ai dit que M. Cabet, pendant toute sa vie, s'est dévoué aux intérêts du Peuple ; aussi les persécutions, les difficultés de tous genres ne lui ont pas manqué. Retiré en Angleterre, pendant cinq ans d'exil, à cause de son zèle pour l'Humanité, il y composa son *Histoire de la Révolution française*, et fut ainsi conduit à étudier les véritables causes des maux perpétuels qui affligent l'Humanité. En voulant rédiger le plan d'une bonne organisation sociale, avec une sage Liberté, la véritable Égalité, et en harmonie avec les besoins de notre époque, il fut amené à reconnaître qu'il n'y a pas d'autre moyen que de se baser, ainsi que l'avait fait autrefois JÉSUS-CHRIST, SUR LA FRATERNITÉ PAR LA COMMUNAUTÉ DES BIENS, pour réaliser enfin ce divin principe qui doit triompher, par sa puissance et sa vérité, du mauvais principe, c'est-à-dire, de l'égoïsme ou l'individualisme, qui, isolant les hommes, les rend ennemis et destructeurs des autres pour satisfaire leurs passions effrénées. Vous concevez combien une doctrine ainsi posée doit rencontrer d'adversaires.

Thomas. — Oui; mais veuillez m'expliquer plus en détail la valeur de ce mot Fraternité si peu comprise maintenant.

Ambroise. — *La Fraternité?* C'EST L'AMOUR, la CLEF MYSTÉRIEUSE *de toutes les sciences!* Voyez ces astres, roulant continuellement sur nos têtes, nous éclairant de leurs rapides fluides lumineux qui sillonnent éternellement l'immensité des cieux, et qui nous vivifient par leur bienfaisante chaleur; sans cesse ils s'attirent réciproquement, puis se repoussent, afin de ne pas se détruire. Voyez ces aimans dont les *fluides fraternels* circulent quoiqu'enlacés : ils guident ainsi fidèlement l'homme sur tous les points de la terre! Admirez la puissance de ces électricités, *sœurs inséparables*, rapides comme la pensée qu'elles peuvent aujourd'hui transmettre en quelques instans autour de la terre! Voyez ces beaux cristaux naturels, ces eaux limpides, ces plantes, ces fleurs si gracieuses, et ces animaux qui se recherchent et s'aident dans leurs travaux, tout cela n'est-il pas amour fraternel et famille?

Reconnaissons-le donc, la Fraternité C'EST LE GRAND LIEN DE L'UNIVERS, DE LA NATURE OU DIEU dont nous sommes tous les enfans; ce qui nous constitue frères, c'est donc la première des vertus, le but vers lequel on doit tendre sans cesse, et qui, négligé, est de l'ingratitude, puisqu'elle est LE PREMIER DES DROITS DE L'HOMME NAISSANT ET FAIBLE; celui qui lui assure l'appui de tous; celui, sans lequel tout le reste n'est que mensonge, folie et ruine. C'est là notre triste histoire; car, voyez, qu'est-ce que la Liberté sans Fraternité? De l'égoïsme, de la brutalité. Qu'est-ce que l'Égalité sans Fraternité? De l'absurdité, du désordre, de l'inhumanité; car si les hommes sont égaux en droits, ils ne le sont pas en besoins. Les simples révolutionnaires qui ne veulent pas approfondir cette question, disent encore aujourd'hui : Liberté, Égalité, Fraternité; c'est retomber dans l'erreur si déplorable et les fautes de nos pères que de placer ainsi au dernier rang ce principe, base du Christianisme, tandis qu'au contraire, étant essentiellement bon et sage, c'est en TÊTE DE TOUT, comme *supérieure à tout* et *renfermant tout*, qu'il faut mettre la grande et salutaire vérité de la FRATERNITÉ HUMAINE; principe si sublime, que son application la plus étendue n'offre que le dévouement et des vertus. La Fraternité est si puissante, que dix-huit siècles durant, son nom seul a étendu et sauvé le Christianisme d'une complète destruction; et elle est si grande, si bienfaisante, qu'elle régénérera la vieille Société et fera le bonheur de tous, en devenant LA RELIGION UNIVERSELLE. Aussi nous devons plaindre ceux qui, repoussant la Communauté des biens, reculent devant la Fraternité, SON INSÉPARABLE COMPAGNE, ou ne la veulent que de nom; car en s'isolant ainsi, ils sont les plus grands ennemis de leur propre bonheur. Toute leur vie se passe en cruelles déceptions, et en projets de félicité qui ne peuvent se réaliser, puisqu'ils seraient le résultat du malheur des autres et que nous ne pouvons vivre isolés et heureux au milieu des misérables. Ainsi plus de doute : Fraternité d'abord, et tout le reste arrive naturellement.

Par tout ce que nous avons dit, il est prouvé que de tout temps le mal de la Société a découlé inévitablement de la propriété individuelle et de la monnaie corruptrice qui en est la représentation et l'indispensable auxiliaire. Il en résulte encore évidemment que c'est seulement en entrant dans la voie contraire ou la Communauté fraternelle, que l'on pourra réaliser le bonheur général qui est le but où tend l'Humanité.

C'est pour bien convaincre de ces vérités, et les mettre à la portée de tous, que M. Cabet a composé son ouvrage intitulé, *Voyage en Icarie*, qui forme un corps de doctrine ayant maintenant de nombreux partisans, et dans lequel il transporte le lecteur, chez un Peuple autrefois bien malheureux, mais devenu assez raisonnable pour mettre en pratique la Fraternité, par la Communauté dans toutes ses institutions, ses travaux et ses mœurs, et ce Peuple c'est le sage Peuple Icarien dont le premier précepte est qu'il est frère de tous les Peuples.

Thomas. — Cette maxime est bien belle, mais est-ce possible ? — Il ne s'agit que de le vouloir.

MARIE. — Je voudrais bien connaître cet ouvrage là, et j'aurai grand plaisir à le lire, si vous vouliez en attendant nous donner quelques détails?

AMBROISE. — Volontiers, Mademoiselle, mais je serai forcé d'être court. Comme la lumière, l'air, l'eau, les routes, les monumens publics, sont communs à tout le monde, dans les autres pays; de même, en Icarie, tout le sol ne forme qu'une seule propriété indivise et commune à tous les habitans. Il est divisé en provinces, communes, villes, villages, fermes. Par suite de concours, tout le territoire agricole est exploité par les plus capables, de la manière la plus avantageuse au bien-être général, et avec tous les moyens que les arts cultivés dans les villes et la mécanique perfectionnée peuvent fournir. Là, plus de procès, d'usuriers, de fermages ni d'impôts en argent, qui y est inconnu. La dette du cultivateur se paie en produits des terres; de même que les artisans, habitans des villes, paient la leur à l'agriculteur, avec ce qu'ils fabriquent ou lui fournissent, pour son usage et sa consommation. Tous participent aux affaires générales, et exécutent les lois qu'ils ont votées dans leur intérêt commun, et ils s'empressent de se rendre réciproquement tous les services qui peuvent contribuer au bien-être général. Ainsi le veut la Loi enseignée dès l'enfance; et cette Loi est si juste, si bien comprise, que c'est pour tout le monde une satisfaction de l'exécuter. Aussi, un malheur quelconque arrive-t-il dans les campagnes? alors c'est une perte pour tout le monde, et de suite, il est autant que possible réparé, sans que la masse en soit sensiblement appauvrie. Une récolte presse-t-elle ? à l'instant, selon le besoin, il part des fermes, villages voisins, et même des villes, par les routes de fer, une multitude de jeunes Travailleurs munis de provisions, habitués à ces travaux, et qui s'en font un plaisir. En peu de temps, tout est recueilli, mis en ordre et en sûreté. Rien de plus naturel, puisqu'il y va de l'intérêt commun. Ici, ou tout roule sur l'argent, il est presque impossible de prévenir les disettes de tous genres : Rien de plus facile en Icarie, puisqu'il ne s'agit que d'entretenir toujours en magasins, des réserves prises sur l'excédant des récoltes précédentes. La meilleure éducation agricole possible est donnée aux cultivateurs, qui tous sont ainsi des hommes instruits, et par suite des concours et du vote des citoyens compétens dans la partie, ce sont les plus capables qui sont appelés à diriger les autres.

Partout, les fermes, les villages, bien situés, bien bâtis, ayant un territoire convenablement étendu, abondamment fournis de tout ce qu'il faut pour une bonne exploitation, présentent l'image d'une immense richesse nationale. Et la même sagesse préside aux travaux des arts et des manufactures, dans les villes dont les produits, en quantités et qualités, sont toujours calculés sur les besoins de la consommation générale et de l'exportation, qui est faite dans l'intérêt du Peuple, par le gouvernement, et en échange de ce qui peut manquer au pays.

Aussi la tranquilité, la sécurité, le bonheur existent pour tout le monde, en travaillant modérément. Les Icariens, se considérant comme frères, également bien élevés, assurés de leur existence et de celle de leur famille, embrassent l'état de leur choix, qui toujours est honoré, puisqu'il est une fonction publique ordonnée par la loi, votée par tous les citoyens. Enfin, je vous engage à étudier l'application de la doctrine icarienne dans le *Voyage*, qui vous en apprendra bien plus que je ne pourrais vous dire.

Thomas. — D'après tout ce que vous venez de nous dire, voilà un livre qui doit être, en effet, bien intéressant à lire.

Marie. — Mais, monsieur Ambroise, vous n'avez rien dit des femmes : cependant comme vous avez parlé de famille, je pense qu'on se marie aussi en Icarie ?

Ambroise. — Je m'attendais à cette question et j'aurai grand plaisir à y répondre. Tout reposant sur la Fraternité et l'amour de ses semblables, vous pouvez penser que la Femme, l'être le plus rempli d'amour, le plus charmant aux yeux de l'homme, l'espoir de la Société tout entière, doit aussi avoir dans la Communauté la position la plus honorable et la plus heureuse. Oui, Mademoiselle, vous avez raisonné juste, il y a mariage et famille en Icarie ; et vous allez voir que c'est là, et seulement là, que l'on peut trouver la pureté et le bonheur, qui devraient toujours accompagner ces divines institutions.

Ici, les mariages sont souvent contractés, sans se connaître à peine ou par intérêt, ce qui produit la discorde, l'immoralité et les plus tristes résultats. En Icarie, où on se connait bien mieux, où il n'y a ni dots ni fortune particulière, tout le monde se marie. Les époux, ne consultant que leurs inclinations réciproques, sont presque toujours sûrs de trouver le bonheur dans leur union : et si, par hasard, ils n'étaient pas heureux, alors le divorce est permis. De ces heureux mariages résultent les plus beaux, les plus charmans enfans, et enfin de véritables familles, dont l'union est aussi parfaite que possible, puisqu'aucune inégalité de fortune, de naissance, d'éducation, aucun intérêt particulier, n'en peut, comme chez nous, diviser les membres. Vous concevez donc que ce n'est qu'avec l'organisation de l'heureuse Icarie que l'on peut connaître, dans toute leur étendue, les inexprimables douceurs du mariage et de la famille, dont souvent tous les membres habitent la même maison, et où tous les jours de repos sont pour ainsi dire des fêtes. Pour ce qui est du sort des femmes en particulier, nulle part elles ne peuvent espérer une pareille félicité ; car, les considérant comme les mères du Genre humain, pénétrés de respect, de reconnaissance ou d'amour pour elles, et convaincus que c'est d'elles surtout qu'ils peuvent obtenir leurs plus douces jouissances, c'est aussi principalement pour elles que les Icariens cherchent tout ce qui peut rendre la vie agréable.

Élevés, dès leur enfance, dans le principe sacré de la

Fraternité, tous voient en elles des mères ou des sœurs chéries, auxquelles ils se font un plaisir et un devoir de prodiguer partout leurs soins; et nous pouvons le dire avec vérité : oui, heureuses, cent fois heureuses les femmes d'Icarie ! Mais qu'avez-vous, Mademoiselle, vous paraissez troublée ?

(En ce moment, la jolie figure de Marie, vivement impressionnée de toutes ces nouveautés, et par la noble figure de ce zélé Communiste, semblait s'être affaissée sous ces images de bonheur et d'amour.)

Marie. — Oui, j'en conviens, tout ce que vous nous dites de ce bon Peuple... ces mœurs si pures... tout cela me touche infiniment; mais ce n'est encore qu'un rêve, une illusion, qui sans doute ne se réaliseront jamais ?

Ambroise. — Depuis longtemps, M. Cabet travaille sans relâche à convaincre les hommes qui s'occupent de l'avenir et du bien public, de la bonté de ce système, dans lequel est un régime de transition, inévitable pour un vieux pays comme le nôtre, qu'il faut moraliser, et où tout est à changer. Outre l'*Histoire de la Révolution* et le *Voyage en Icarie*, il a fait beaucoup d'autres ouvrages utiles à la cause, entre autres le *Vrai Christianisme*, qu'il a démontré être la plus pure de toutes les morales, en tout conforme à nos principes par la base et l'exécution, et qu'il a ainsi fait rentrer pour toujours dans le cœur du Peuple. Ce résultat est immense, puisqu'il nous donne l'arme la plus puissante qui fut jamais, et la détruit dans les mains de ceux qui voudraient en faire un mauvais usage ; aussi, ses succès auprès du Peuple s'accroissent de jour en jour; et un journal, le *Populaire* de 1841, fondé et dirigé par lui, soutenu par les efforts constans et redoublés de milliers d'actionnaires, tous Travailleurs, paraît maintenant tous les dimanches, et répandu au nombre de plus de 4,500 exemplaires dans les ateliers et dans presque toute la France ; il guide et appelle tous les hommes de dévoûment et de capacité; il instruit, console et relie tous les Icariens français et étrangers.

THOMAS. — C'est très bien; mais il y a tant d'ennemis acharnés contre cette doctrine parmi les gouvernans, les riches, les prêtres, les ambitieux, les intrigans de toutes les espèces, enfin tant de difficultés de tout genre à vaincre, que pour commencer seulement à établir ce magnifique système, il faudra bien du temps, et on pourrait rester des siècles avant de voir quelque chose se réaliser. Aussi les réformistes et les révolutionnaires disent unanimement que c'est une déception, un véritable endormage, qui ne fait que nuire à leurs projets.

AMBROISE. — Si nous leur nuisons, nous ne dormons donc pas; si nous ne sommes pas avec eux, c'est qu'après les avoir servis ils ont été injustes et ingrats; c'est que, surtout maintenant, nous ne voyons dans leur réforme que discordes, alliances monstrueuses, et s'ils réussissaient, véritables déceptions et peut-être le plus affreux chaos. Quant aux révolutionnaires, ce sont les vrais endormeurs, disant tous les jours qu'ils réussiront demain ! Sans parler des révolutions toujours manquées ou escamotées, de leur facilité à tomber dans les piéges les plus grossiers, n'avons-nous pas dans ces derniers temps le triste tableau de leurs impuissans efforts, qui n'ont constamment servi qu'à fortifier de plus en plus le pouvoir. Aujourd'hui l'illusion n'est plus possible ; car la révolution est un jeu, où souvent les plus zélés d'entre nous ont risqué leurs têtes, sans même bien savoir ce qu'ils faisaient. Ce jeu nous a coûté trop cher pour que nous soyons tentés de le recommencer, surtout quand nous savons parfaitement ce que nous voulons, et que ces messieurs, malgré toutes les démarches, sont contre nous.

THOMAS. — Alors qu'espérez-vous ?

AMBROISE. — Les grandes révolutions ne s'accomplissent que par l'accord des opinions. Or, la vérité, l'impérieuse nécessité sont avec nous, et les opinions nous deviendront de jour en jour plus favorables. Aussi déjà notre vénérable père, M. Cabet, se sentant plus fort par notre union, notre dévoûment et nos progrès, nous appelle à la réalisation immédiate de nos principes et de notre chère Icarie, dans un pays de liberté, une des contrées vierges de l'Amérique, où, avec le temps, nous donnerons au monde un grand exemple de la bienfaisante puissante de la Fraternité.

**MARIE.** — Ainsi, M. Ambroise, c'est dans un pays si éloigné que vous voulez aller !

**AMBROISE.** — Oui, Mademoiselle, du moins si, comme je l'espère, mes frères m'en jugent digne. Chaque homme a dans le monde sa tâche à remplir envers la Société ; jamais il n'y en eut de plus belle ; je suis totalement libre, et certainement j'y serai des premiers si ma présence est jugée utile. D'ailleurs, comment un homme couvaincu resterait-il, quand des femmes elles-mêmes, oubliant leur faiblesse, s'animent d'une noble ardeur, offrent leurs bijoux pour aider, et voudraient être à l'avant-garde ?

**THOMAS.** — Voilà qui est magnifique, et cela remue le cœur ! mais prenez garde aux traîtres, aux intrigans, surtout en commençant.

**AMBROISE.** — Oh ! nous y avons pourvu. Le gérant, c'est notre père lui-même, le fondateur de notre doctrine, muni d'un pouvoir suffisant, qui devient le président de l'exécution des lois votées par tous et dans l'intérêt de tous. Sa prudence, sa capacité, son dévoûment, nous sont connus ; aussi, il a sagement demandé le temps nécessaire, et *l'on reconnaît qu'il serait dangereux de changer un tel fonctionnaire, comme celui qui travaille de ses mains.*

———

En ce moment, un bruit se fait entendre dehors, et l'on voit entrer Jean, le frère de Marie, conduisant un étranger de haute stature et dans la force de l'âge ; il donne la main à une jeune et belle fille, dont l'air et la modeste tenue sont remplis de grâces.

JEAN. — Monsieur Ambroise, voilà un monsieur et une demoiselle qui allaient dans le village en demandant votre demeure ; sachant par ma sœur que vous êtes ici, je leur ai offert de les amener.

(Ambroise et l'inconnu se regardent alors quelques instans avec une émotion qui paraît aller en augmentant, et Ambroise s'avance en s'écriant : Est-il possible ?... Comment ! c'est toi, mon frère !... Et tous deux s'élancent et se serrent, en pleurant, dans les bras l'un de l'autre.)

LE FRÈRE. — Oui, Ambroise, c'est bien moi... ton indigne frère ! autrefois mort pour toi, et maintenant ressuscité, qui vient enfin, après douze ans, te retrouver. Crois-le bien, frère, il y a longtemps que j'ai reconnu mes torts envers toi. Mais, que veux-tu ! l'oubli des sages conseils de notre père, par suite de mauvais avis, l'affreuse soif des richesses qui s'empara de moi, et dont je suis cruellement puni, tout cela m'avait presque entièrement dénaturé. Tu sais probablement quel en fut le triste résultat et dans quelles circonstances nous quittâmes le pays. Arrivés à Paris, qui était le rêve de bonheur de ma femme, nous fûmes bientôt aux dernières ressources ; et là, où j'avais été maître jardinier, je devins ouvrier. Enfin, la misère s'étendit de plus en plus sur nous : ma femme ne put la surmonter. Toutes ses illusions, ses projets de fortune étaient détruits. Un petit garçon que nous avions, et qu'elle chérissait, succomba, et quelque temps après, elle-même cessa de vivre. Ainsi se termina une existence qui nous a coûté à tous bien des peines. Je restai donc seul avec ma fille, ma chère et bonne Julie, mon unique consolation.

Cependant, la mémoire de notre père, dont j'avais oublié les sages conseils, la conscience de mes torts envers toi, tous ces malheurs enfin me rendirent plus réfléchi. En voulant instruire ma fille, qui commençait à raisonner, je profitai moi-même de la lecture des choses sérieuses. Le malheur est une si terrible école, qu'il sauve ou tue ; mais je me devais à ma fille, et mes progrès furent rapides. Alors s'ouvrit pour moi une nouvelle existence : voyant le mal de tous côtés, j'abordai les questions politiques, et je compris qu'un honnête homme a des devoirs à remplir envers la Société. Longtemps je fis fausse route : emporté par ces passions brûlantes et ces dangereuses sociétés, souvent je fus compromis avec des hommes plus ardens que sages ; aussi, plus j'allais et plus je voyais le précipice où nous finirions par nous engloutir tous. Enfin, je me retirais, dégoûté et doutant presque de tout, quand, ayant entendu parler, et en mal, des principes de M. Cabet, je voulus m'en instruire. C'est alors seulement, frère, que la lumière m'apparut ! Dès lors, ma carrière se trouvait tracée, et bientôt je devins un des plus dévoués Icariens, toujours en lutte pacifique contre la mauvaise Société, mais de plus en plus rempli de foi et d'espérance.

AMBROISE. — Comment, toi ? quelle métamorphose !

LE FRÈRE. — Oui, et il y en a bien d'autres, et de plus grands pécheurs que moi. Mes relations dans les bureaux du *Populaire* furent cause que j'ai appris dernièrement, avec une bien vive joie, que nous sommes frères autant qu'on peut l'être. Je sus aussi de même ton adresse, que, dans ma coupable négligence, je n'avais pas même gardée !

Tu le vois, comme du temps des premiers Chrétiens, j'ai avoué publiquement mes torts envers toi. Je connais ton cœur, et je suis sûr que, de ton côté, ils sont maintenant pardonnés. C'est un grand soulagement pour moi, et cependant, cher frère, tu me vois bien affligé, car j'ai déposé notre demande de départ pour Icarie ; j'aurais désiré vivement faire partie de l'avant-garde, mais ma fille, ma chère Julie, aussi Icarienne que moi, la laisserai-je seule, avec son état, pour subsister ? et elle si jeune encore, si exposée, à qui irai-je la confier ? et si j'attends le premier grand départ dans l'espoir de l'emmener avec moi, nous n'avons pas assez pour notre apport, et je crains bien d'éprouver le chagrin de nous voir ajournés !

AMBROISE (avec attendrissement). — Frère, espère et

calme-toi. Mais moi aussi je ne suis pas heureux ! et cependant, si tous ceux qui sont ici le voulaient, ce jour pourrait être un des plus beaux de notre vie !

Tous. — Parlez... nous n'avons rien à vous refuser.

Ambroise (d'une voix émue). — Mademoiselle Marie : vous que j'avais tant de plaisir à voir grandir et embellir ; vous dont j'apprécie les qualités ; vous enfin que, sans en rien dire, j'aime depuis si longtemps, voulez-vous me prendre pour époux et unir votre sort au mien ?

Marie (répond en rougissant). — Je regarde mon père et je vois qu'il y consent. Alors, Monsieur Ambroise, je serai heureuse de n'avoir rien à vous refuser !

Ambroise se lève, va à elle, et l'embrasse en lui disant : Marie, malgré mon dévoûment à notre sainte cause, en quittant la France sans vous, votre souvenir ne se serait jamais effacé de mon cœur, et il aurait attristé toute mon existence ; mais puisque vous consentez à notre union, recevez ma foi de Chrétien Icarien ! Mon plus grand bonheur sera de vous voir heureuse.

A toi, frère, maintenant ; tu as eu raison de compter sur moi, comme jamais je n'ai désespéré de toi. Nous sommes dans la bonne voie ; continuons à y marcher avec courage. Tu n'as pas ton apport, eh bien ! j'en fais mon affaire. Ma nièce, ta chère fille que je n'ai vue qu'enfant, maintenant si intéressante, et dont les traits me rappellent notre bon père, restera avec nous : et j'espère que ma future épouse n'en sera pas fâchée. (A ces mots Marie va à Julie, et les deux jeunes filles s'embrassent tendrement.) Pour moi, aussitôt que j'aurai réalisé tout ce que je possède, environ trente mille francs, je les déposerai dans le trésor commun.

Puisque notre vieille mère, l'Europe, en danger de périr, est sourde à nos prières, et ne veut pas se rajeunir; puisque la persécution et les plus odieuses calomnies y sont employées contre nous, suivons les conseils du *Christ : partons;* que les destins s'accomplissent, et puisse notre exemple, lui ouvrant enfin les yeux, la diriger sur la route du véritable bonheur !

Pour toi, frère, te voilà libre : tu es dévoué et vigoureux, tu sais manier la pioche et la charrue, va donc des premiers, car tu seras des plus utiles, et tu auras là de quoi t'étendre et aligner ces longs sillons, qui, se couvrant d'abondantes récoltes, assurent la vie de l'homme. Nouveau et pacifique soldat de la grande Communauté humaine, lance-toi sur les mers avec tes braves compagnons; tracez-nous la route; allez fonder Icarie et conquérir sur les déserts du nouveau Monde une Patrie pour l'Humanité, afin QUE, RÉALISANT LE CHRISTIANISME ICARIEN, LA DIVINE FRATERNITÉ SOIT TOUJOURS, EN TOUT ET PARTOUT, NOTRE GUIDE !

Je connais dans les environs quelques familles bien disposées qui suivront mon exemple, et bientôt, tous ensemble, nous irons vous rejoindre.

Et vous, monsieur Thomas, croyez-moi : bornez-vous à ce que vous avez, cultivez-le de votre mieux, tâchez d'avoir la paix avec vos voisins, et renoncez pour jamais à acheter.

Thomas. — Je crois que le meilleur moyen d'agir sagement, c'est de ne plus s'exposer à faire des folies. Mais je suis tout dérouté : que d'événemens en un jour ! et, en vérité, vous me donnez presque envie de faire aussi ma demande, pour être admis dans votre heureuse Icarie !

Jean. — Mon père, je connais un peu ce dont il s'agit : je crois que vous avez là une très bonne idée, et si ça dépendait de moi...

Thomas (regardant les deux jeunes filles qui se tiennent les mains entrelacées). — Vraiment, mon fils, je crois aussi que le cœur te porte plutôt vers ce pays-là qu'en Algérie !

L.-Y. MAILLARD.

# FRATERNITÉ,

## ÉGALITÉ, LIBERTÉ, ASSOCIATION, UNITÉ,

# COMMUNAUTÉ.

Le COMMUNISME est l'opposé de l'*Individualisme*, l'antipode de la *loi agraire* et du *partage* des terres. — C'est l'*association*, la plus étendue et la plus complète, basée sur la fraternité, l'égalité, la liberté, l'unité, fondée aussi sur l'éducation, le travail, le mariage et la famille. — C'est une *assurance mutuelle et universelle*. — C'est la réalisation de la *Démocratie*, et du *Christianisme* dans sa pureté primitive.

Ses principales formules sont : — Chacun pour tous, tous pour chacun ; — De chacun suivant ses forces et sa capacité, à chacun suivant ses besoins ; — Toute fonction est un travail, tout travail est une fonction. — Propriété sociale, collective, indivise ; Etablissement de la Communauté par la propagande légale et pacifique, par la persuasion, par la volonté individuelle et nationale ; — Régime transitoire et progressif.

# GRANDE ÉMIGRATION

## POUR ALLER FONDER EN AMÉRIQUE

# LA COMMUNAUTÉ D'ICARIE.

Le travail diminue et le chômage augmente, le salaire baisse et le prix des loyers, etc., s'élève. Toutes les carrières sont obstruées ; la concurrence étend ses ravages ; les faillites se multiplient et des maisons solides s'écroulent ; le pain manque aux prolétaires ; la misère se généralise ; chaque jour voit des suicides ; l'avenir est gros d'orages, d'incertitude et d'effroi. — Voilà le *mal*.

Où en est la *cause* ? Elle est dans l'extension de l'industrie et dans la multiplication des machines, désordonnées, surtout dans les vices de l'organisation sociale basée sur *l'individualisme* ou l'égoïsme.

Le *remède*, selon nous Icariens, ne peut exister que dans une meilleure organisation du travail, dans l'association générale et perfectionnée, en un mot dans la Communauté Icarienne basée sur le principe chrétien de la FRATERNITÉ, entraînant comme conséquence nécessaire l'Égalité, la Liberté, l'Unité.

Cependant, quoique nous ne veuillions que la justice, l'ordre et le bonheur de tous sans exception, par des voies pacifiques et légales, on nous entrave, on nous persécute, tandis que, d'un autre côté, on ne nous laisse aucun droit, ni d'association, ni d'assemblée, ni de discussion publiques.

Dans cette situation, pour jouir de nos droits naturels et des bienfaits de la Nature, nous Icariens, hommes de conviction et de dévoûment, nous émigrons pour aller fonder en Amérique notre Communauté d'Icarie.

---

Partout les Icariens répondent à l'appel de M. Cabet.

L'émigration se prépare et s'organise.

L'acte social confère à M. Cabet la direction et la gérance pendant dix ans.

On n'admet que des individus reconnus capables et dignes.

Il faut avoir un apport d'au moins *six cents francs*.

Les *Etrangers* peuvent être admis comme les Français.

C'est au *Texas*, dans le nord-ouest de ce pays, le long de la *Rivière Rouge*, que l'établissement est fondé.

Un Agent est parti le 2 décembre; une grande Commission de 30 à 40 va partir du 27 au 31 janvier 1848; une avant-garde de plus de 600 partira à la fin de mars; et le premier grand départ, qui comprendra des femmes et des enfans, aura lieu à la fin de septembre, pour continuer sans interruption.

Nota. — Le *Populaire*, une brochure intitulée *Réalisation d'Icarie*, l'*Almanach Icarien* de 1848, et le *Supplément de cet Almanach*, contiennent tous les renseignemens sur l'Emigration et sur le *Texas*.

# LE POPULAIRE.

*Le Populaire*, spécialement consacré à la défense des intérêts des Ouvriers et la propagation du Communisme, est fondé par des Actionnaires. — Les Actions sont de *cent francs* et les Coupons de *dix francs*, payables à terme. — Tous les Amis de la cause populaire sont invités à prendre des *Actions* ou des *Coupons*.